청어詩人選 131

배낭에 꽃씨를

| 이지선 시집 |

청어

배낭에 꽃씨를

이지선 지음

발행처 · 도서출판 **청어**
발행인 · 이영철
영　업 · 이동호
홍　보 · 최윤영
기　획 · 천성래 | 이용희
편　집 · 빙세희 | 이서윤
디자인 · 김바라 | 서경아
제작부장 · 공병한
인　쇄 · 두리터

등　록 · 1999년 5월 3일
(제321-3210000251001999000063호)

1판 1쇄 인쇄 · 2014년 9월 10일
1판 1쇄 발행 · 2014년 9월 20일

주소 · 서울특별시 서초구 효령로55길 45-8
대표전화 · 586-0477
팩시밀리 · 586-0478

홈페이지 · www.chungeobook.com
E-mail · ppi20@hanmail.net
ISBN · 979-11-85482-49-1(03810)

이 책은 시흥시 문예진흥기금 지원으로 만들어졌습니다.

이 도서의 국립중앙도서관 출판시도서목록(CIP)은 서지정보유통지원시스템 홈페이지
(http://seoji.nl.go.kr)와 국가자료공동목록시스템(http://www.nl.go.kr/kolisnet)에서
이용하실 수 있습니다.(CIP제어번호: CIP2014022503)

배낭에 꽃씨를

책을 낼 때마다 고민해봅니다.

이건 공해가 아닌가?

내 감정 사치로 수십 년 동안 자라온 나무들만 죽이는 건 아닌가?

한 편의 시를 완성시키지 못해 며칠 밤을 전전긍긍하면서

왜 이 짓을 하고 있는지 자신에게 묻곤 합니다.

읽어 주기를 애원하는 이 작업을

밥이 되지 않은 이 고통의 시간을

차마 떨쳐버리지 못하는 것은

해산 후의 희열을 느끼고 싶기 때문일 것입니다.

이지선

차례

• • • • • • • • • 배낭에 꽃씨를

1
물구나무서다

기어오르는 것들을 털어내려
물구나무를 서 봐요
하늘을 딛고 한 마리의 벌레를 잡아요
꼬물락꼬물락 기어가는

물구나무서다

발바닥부터 먹어오다 고개를 쳐든 짭짤한 냉기가
발목의 핏줄을 타고 나를 절여 와요
김장배추로 절여진 피부가 삐득삐득삐득거려요
벨이 울리지 않는 전화
문자를 확인하다 지우다 또 쳐다봐요, 울리지 않아요
위암 판정을 받은 동생한테 전화를 해요
스믈스믈 벌레가 가슴 쪽에서 기어 나와요
식탁 위에 꽃들이 헉헉거려요
안개를 뿜어대는 안개꽃으로 온 집 안이 흐릿해 보여요
문을 열고 변기에 앉아있어요, 그냥요
나오라고 소리치는 사람이 없다는 건 또 한 마리의 벌레예요
우울증 걸린 텔레비전은 혼자 우물거려요
군자란한테 말을 걸어보지만 대답을 안 해요

기어오르는 것들을 털어내려 물구나무를 서 봐요
하늘을 딛고 한 마리의 벌레를 잡아요
꼬몰락꼬몰락 기어가는

피에로 모자

그의 일과는 밥솥을 머리에 얹는 것부터 시작이다
그가 일에 열중하다 밥솥을 벗어 뒤집었을 때
사람들은 그곳에 밥거리를 던진다
그는 눈물로 밥을 짓는다

반찬이 없어도 간이 밴 밥알은
한 알 한 알 목구멍을 통과하면서
아직은 살아있다는 신호를 보낸다
그는 그 순간을 애써 느낀다

밥솥이 머리에 올라앉을 때만
웃으며 바이올린을 켜는 그의 손가락에
마디마디 끼워진 주름진 반지

염소의 나들이

검은 염소, 트럭 위에서 도심을 구경하다

주인이 집 안을 흩어보는 눈길이
여느 때와 다른 아침이다

중늙은이 아내와 이제는 독립해도 될 성싶은 새끼와
막 아침을 끝내던 참이다
염소 똥 밟은 주인의 표정에
예감이 빠른 아내가 뿔을 밀쳤다, 불안하다는 신호다
주인이 목에 밧줄을 매더니 낯선 타인처럼 밧줄을 당겼다
아내와 새끼가 날뛰며 소리쳤다
앞발로 땅을 붙잡았지만 트럭에 실려졌다

풀과 나무와 구부러진 사람들만 듬성듬성 있는 곳을 떠나
차와 집들과 씽씽한 사람들이 바글거리는 거리를 달린다
한 번도 보지 못한 풍경
아! 이런 세상도 있었네
같이 오지 못한 아내와 새끼에게 미안하다
가서 멋진 나들이였다고 자랑해야지

끼이익 트럭이 멈췄다

철커덕 문이 열리고
주인보다 두 배는 더 큼직한 젊은 남자가 트럭에 올라왔다
눈을 감았다
무료한 일상이 간절한 순간이다

압구정 화장실

문을 닫고 옷을 내린다
아늑하다, 혼자 있다는 것이
어제와 오늘을 내보낸다

옆방 여자도 내 자세로 앉아 아파트를 사고판다
다른 방 여자는 남편과 싸우고 있다
음성의 높낮이에서 그녀의 성깔과 헉헉거리는
남편의 숨소리를 듣는다
그녀는 이혼을 결심한 것 같다
두루마리 화장지 통이 비어있다, 당황스럽다

눈의 테두리를 그리는 여자와 테두리 없는 눈이 마주쳤다
테두리가 있으면 더 잘 보일지 기능을 생각해본다
수많은 여자의 얼굴을 들여다본 거울은
맨얼굴을 생소하게 쳐다본다

애초에는 검은 머리였을
벽에 붙어있는 노랑머리 청년
루주 바른 입술이 어찌나 싱싱해 보이던지 훔쳐 먹고 싶다
요염한 눈빛, 까투리를 꼬드기는 장끼를 본다
살아내려 애쓰는 수컷들의 치장에 가슴이 짜안하다

다수의 원칙에 충실하게 물들어온 것들에 의해
소수의 진실은 항상 밀려났다

압구정에서 이방인으로 서 있다

할 말 있냐

부천 남부역 지하도 입구에
양복 차림의 순해 보이는 40대 남자가
지나가는 사람에게, 아니 혼자에게 넋두리하듯,
아니 울부짖듯 소리친다
술기운이 아니면 고개도 못 들 것 같은 그가
주저앉은 시멘트 바닥에 소주잔이 나뒹군다

할 말 있냐? 할 말 있냐고오~?
얼마나 물어댔는지 쉰 목소리에 발음이 엉킨다
많은 사람이 그 앞을 지나가지만 할 말 있다고 대답하는
사람은 없다
할 말이 정말 없는 것일까?
정말 할 말이 없는 사람들만 지나가는 걸까?

남자는 누구의 말을 듣고 싶었을까?
가난이 무섭다며 남매를 두고 가버린 아내?
열심히 일했지만 부도낸 사장?
억울한 누명을 씌우고 출세한 친구?
가게를 털어먹은 자신에게?

입을 다물고 그 앞을 지나가는 사람들의 눈에서
하지 못했던 말들이 내려와 그의 술잔에 쌓인다

너만 울고 싶은 건 아니라고

뉴욕이 닫혔다

걸어서 뉴욕에 갔다
파도가 치고 바람이 불었다
살갗을 후벼 뼛속까지 파고드는 냉기
카스텔라를 입안에서 녹였다

천천히 꾸준히 입술에 도착한 물줄기
짭조름히 간이 밴 카스텔라가
입안에서 빙빙 돈다

오랫동안 그렇게 있었다

싱싱한 웃음을 만들었던 그림자
그림자의 주인을 기다리다
어둠에 뒤돌아왔던 이곳에다
또 하나의 무덤을 만들었다

뉴욕이 닫혔다, 뉴욕이

검은 데이트

애인이라고,
그렇게 생각하고 지냈던 사람을 만났어
제과점에서
못 두 개와 검은 풍선을 먹고 나왔어

사랑한다고 말할 때마다
못이 튀어나왔어

튀어나온 것들이 마구마구 자라
길을 점령했어
거꾸로 처박힌 못들로 타이어가 펑크 나고
신발도 구멍이 났지

사랑이라는 외교어는
많은 것을 요구했어
더는 말하지 않기로 했어
공갈빵이 된 그 말을

별이 떨어지다

초롱초롱한 별들이 우수수 떨어졌어요
오래 전부터 아니, 그리 오래되지 않았는지 확실하진 않아요
차근차근 떨어질 준비를 했을 거예요
혼자 떨어지기 쑥스러워 같이 떨어지자고 옆에 별을 꼬드
겼나 봐요
조금씩 조금씩 파먹어 들어가는 벌레를 보고도 잡아내지
못했어요
너무 귀여웠나 봐요
참 이상하지요? 그 별에만 귀엽게 보였는지
자꾸만 자꾸만 살이 쪄 간 벌레는 별보다 커져 반짝이는
빛을 먹어버렸어요
빛을 먹었는데 왜 그리 구린내가 지독한지
코를 막고 흙으로 냄새를 덮었지만
스멀스멀 기어 나와요
하늘엔 별들이 많이 남아있어요
보이지 않으면 새 별을 쳐다봐요
새로운 별은 더 반짝이니까요

산수화

도포 자락 휘돌아 정자를 쓸어내고
갓끈 풀어 가지에 걸어 놓은 선비
바람에 흔들리는 갓을 구름 보듯 바라본다

아닌 것을 '예'라고 할 수 없는 지병으로
아닌 것을 아니라고 한 죄가
임금님의 귀를 어지럽게 한 죄목이 되었다

고향에
눈 어두운 노모와
끼니 걱정하는 처자식이 목에 걸려
토해내는 시 한 수가
계곡물을 소리 내어 흐르게 한다

거북이 등살로 살아온
바위틈에 뿌리내린 소나무가
선비를 산수화로 끌어들인다

소로 태어날래요

잎이 나올 것 같지 않은 마른 가지 끝에
먹지 않아도 자라는 손톱이 입을 후벼요
배고파 배고파 배가 고파요

소들이 내 밥을 빼앗아 먹어요
밥을 빼앗아 먹은 돼지가 피둥피둥 살이 쪄 가요
사람들은 더 빨리 살이 찌라고 자꾸만 자꾸만 먹여요
항아리가 깨져 폭삭 쓰러져도 아무도 바라보지 않아요
소와 돼지와 닭들만 봐요

소가 되고 싶어요, 돼지가 부러워요
어디선가는 먹는 게 남아돌아 땅을 놀리고
살이 찌지 않으려고 먹은 걸 토해요
토해낸 것이라도 핥고 싶어요
말라비틀어진 엄마의 젖꼭지에 우물을 파다 지친 동생은
눈을 뜨지 않아요
목이 말라요, 목이 말라요
다시 태어나라면 옥수수 밭이 바다로 보이는 곳에
돼지나 소로 태어날래요

산낙지

빨판을 붙여 빙벽을 타요

감옥, 언제 형이 집행될지 몰라 탈출을 시도해요
스스로에게 확인해주는 행위예요, 아직은 살아있음을

힘이 빠진 동료를 차례로 끄집어내요
다행이여요, 나를 찾는 손님이 오지 않아서

열 살짜리 소녀가 손가락으로 나를 정조준해요
드디어 형이 집행되는 날이네요
호기심 가득한 소녀가
천장과 입안에서 꼬물락거리는 나를 느끼고 싶대요
마지막 탈출을 시도해요
도마 위에 잘려진 수십 개의 다리가 사방으로 달려요
소녀의 입안에다 마지막 힘을 다해 쪽쪽 빨판을 붙여요

목 잘린 눈이 소녀를 빤히 쳐다봐요
눈이 감기지 않아요

슬픔 까먹기

머릿속에다 꼭꼭 길을 묻어요

까만 슬픔을 몰래 꺼내어 아그작 아그작 씹어요
몇 년 전이던가 아니, 오래전이던가요
하얀색에서 어둠으로 물들어가던 이 맛에 길들여가던 게요

묻혀 있는 것들이 숨을 쉬려고 꿈틀거릴 때마다
싹이 움트지 않도록 듬뿍듬뿍 소금을 쳐요
효과적이지 않네요
코끼리가 된 슬픔을 머리부터 씹어요
아그작 아그작
남들 앞에서는 더욱 맛있게 먹어요
체하지 말아야지, 토하면 코끼리 머리부터 튀어나올지 몰라
끙끙거리며 속으로 중얼거려요
아직 소화되지 못한 눈이 나를 빤히 바라보면
다시 최면에 걸릴 것 같아요
그래서 더욱 꼭꼭 씹어요
다리를 잘라먹고 몸통까지 다 먹어 치우려면 부지런히 먹
어야 해요
코끼리는 온통 내 것이니까요
먹을수록 허기를 느껴요

머릿속에 숨겨놓은 길을 꺼내어
모두와 같이 걸어요
코끼리를 나누어 먹으면서요

마라톤

달려요
앞사람보다 더 앞에 가야 해서
나를 넘기 위해 헉헉거리며 바짝 다가오는 뒷사람에게
아직은 건재하다는 영역표시를 해야 하기에
엄마의 젖을 쪽쪽 빨던 기억까지 빌려가며 달려요
앞에 달리던 동료가 돌부리에 넘어져요
그냥 달려요
뒷사람이 그 돌부리에 걸리면
조금은 나도 숨을 쉴 수 있잖아요
가로수에 꽃이 핀 듯도 하고, 잎이 푸른 듯도 한데 잘 보
이지 않아요
앞사람 머리통이 너무 커서 시야를 가려요
뒤통수만 보고 달려요
유모차 속 아기와 눈 맞추는 여자가 숨을 더 답답하게 해요

속력을 낼 때마다 줄어드는 앞사람의 수가 희열을 느끼게
해요
왜 달리냐고요? 달리는 사람만이 아는 비밀이 있어요
신도 인정하는 영업비밀이라
주변을 참관하며 그렇게 느긋한 걸음으로는 깨닫지 못해요
당신이 또 한 명의 경쟁자로 달리는 걸 원하지 않아요

테이프를 내가 터치하고 싶어요
머리통은 그 상상으로 가득 차서 입술을 말려요
목이 말라요

다리가 나를 버려요
피가 길에 뿌려져요
경고음을 내며 달려오는 백색 자동차가
나보다 빠르다는 생각을 어렴풋이 해요
땅을 짚은 손에 민들레가 웃어요
한 번도 달려보지 못한 민들레의 웃음

달려온 길 위에 수없이 밟혔을

밥상

차가 소리치며 내달린다
털옷을 겹겹이 끼어 입은 행인들 위에 하늘이 울먹인다
이쪽저쪽 내통하는 국민은행 입구
양말과 옷가지를 걸어놓은 노점상이 오가는 행인의 표정을 잡는다
건물에 기생하지만 먹이가 되지 않아 들어가지 않는 사람
펼쳐 놓은 약제들이 상인의 얼굴을 닮았다
물기 좌르르 묻어나던 여름 시절을 약제도 상인도 지나온 시점
물기 묻은 것들은 쉬 상하는 뱁이여! 상인은 그렇게 자신을 위로한다
아침을 건너뛰는 습관으로 정해버린 상인이
백반 일 인분을 배달시켜 양말 파는 노점상과 점심을 나눈다
대로 식당에 둘만의 식탁
오가는 시선이 그들의 밥상에 꽂힌다
시선들을 모아 공평하게 나누어 마신다
뚝배기에 빠져 드는 눈이 찌개를 식힌다
빈 상에 눈이 쌓인다
밥그릇에도
그들의 머리 위에도

방언을 읽다
−난해한 현대시를 읽다

신과 내통하는 방언을 읽는다
인간과 인간 사이에 통용되지 않은 언어라서
해석하는 중재자가 필요하다

글이 빙판을 기다가
풀어진 실타래 위에 춤을 추다가
추락하는 헬리콥터 흉내를 내다가
꾸역꾸역 처먹은 것들을 게워내다가
다시 꾸겨 넣고 빙빙 돌리다가……

염병 지랄이라며 피해 지나가는 무리들
상상으로만 글을 해독하는 그중 몇몇은
그들끼리 은밀히 거래되는 언어를
히로뽕 환각으로 즐긴다

뿌리를 심다

열매도 시원찮아 보이는 친구가 입만 풀면 족보 자랑이다
뿌리가 오직 부실했으면 그럴까 비아냥거리다가도
그나마 그 뿌리라도 있어 그 정도겠지 한다

뿌리를 심으러 치과에 갔다
썩은 뿌리들을 파내고 새 뿌리를 심는다
드르륵 드르륵 구멍을 파는 손이 정교하다
구멍에 뿌리를 심고 망치로 꽝꽝 박는다

꽃보다 뿌리를 받을 때 기쁨이 더하다
기다림에 오랫동안 꽃을 볼 수 있어
꽃은 뿌리의 생식기
보이는 것보다
보이지 않는 것들이 항상 실세다

산타는 없다

선물 자루를 들쳐 멘 산타가
들어오지 못하도록 굴뚝을 막아버려요
대가를 지불하지 않은 선물은 이자가 비싸요

자루 속에 들어 있는 선물들을 꺼내 봐요
사람을 기발하게 죽일 수 있는 무기들로 가득하네요
웃으면서 기꺼이 죽을 수 있는 총알,
단추만 누르면 초토화시키는 핵무기도 있고요
게임을 즐기며 땅뺏기를 하는 기구도 있네요

미소 가득한 얼굴은
수염이 길어 감출 것이 많아요
헐렁한 옷은 무기를 숨기기엔 안성맞춤이죠
웃는 얼굴은 우는 얼굴보다 더 간교해요

산타는 오래전에 죽어야 했어요
당신의 상상 속에만 살아있는,
환상을 팔아먹는 장사꾼들이 부활시킨,
산타를 자처하는 채권업자를,

환지통

꼭꼭 씹어요
덮고 지나왔다고 그렇게 잊고 싶었던 껌이 된 사연들을
씹다 보면 달달해지기도 하지만
묘지에서 벌떡 일어나는 시체들로 까무러쳐요
시체는 일깨우는 게 아니었어요
그렇게 맹렬히 일어날 줄은 몰랐어요, 죽은 것들이
오래전에 가슴에 묻었다고, 그랬다고 생각했어요
공동묘지보다 더 많은 사사건건들을 담은 묘지석을 묻고
땜질을 했어요
이제는 더 이상 튀어나오지 않기를 꼭꼭 밟으며 희망했어요
검은 희망은 눈이 없어요

작은 틈새에 사건의 꼬리들이 흔들리면 끊어버리려고 잡
아 빼요
와우!
꼬리는 도마뱀 꼬리처럼 잘리고 잘리면서도 계속 자라요

단물이 빠진 껌을 벽에 붙여요
다시 떼어 씹어도 달달하게 씹을 수 있어요
흔들리는 꼬리를 잡으면 되거든요

최선을 다하는 중

배가 침몰해가요, 구명조끼를 던져주세요
조금만 기다려, 구명조끼를 주문할게
배에 물이 차요, 빨리요
공장이 파업 중이라네
물이 목까지 올라와요
겨우 빌렸는데 차가 막히네
지금 최선을 다하는 중이야
제발 구명조끼를 던져주세요
머리가 물속에 잠겼어요
이런! 구명조끼를 손봐야 하니 조금만 더 기다리게
이젠 필요 없어요, 당신들이나 잘 간수하세요
그렇게 참을성이 없나
우리는 최선을 다해 구하려고 했는데
하여튼 우리는 최선을 다했다는 걸 믿어주게

밥통을 돌려줘

언제부터인가 내 밥통을 빼앗아가는 음모가 진행되고 있어요
주인인 나하고는 상의도 없이
내가 주먹을 쥐고 저항하고 있음을 눈치 채지 못해요
아니, 알려고 하지 않아요
진실은 고통을 지불해야 하기에
길들여진 눈요기를 위해 기꺼이 내 밥통을 그들이 차지해요
저항할 힘이 없는 내게
나보다 어린 소 새끼 밥을 빼앗아 먹여줘요
소 새끼 밥을 먹을 때마다 소가 되어가는 악몽을 꾸어요
음매음매 울며 소 엄마를 쫓아다니는
그렇다 한들 내 탓은 아니에요
뿔난 어른이 많은 건 소 밥을 먹고 커서가 아닐까요?
아무튼 나는,
내 밥통에 담긴 내 밥을 먹고 싶어요
화면마다 그림마다 은밀한 곳마다에
밥이 없는 공갈 밥통이 진열될 때마다
허기를 느껴요
나보다 더 배고픈 어른들이 내 밥통을 빼앗아가요

내 밥통을 돌려줘요

시인의 고민

흙 묻은 작업복에 장화를 신고
나뭇잎을 쓸어 모아 세 발 리어카로 나르는 중
시인이 있다기에 만나러 왔다는 남자
내 행색을 보고 실망했던지
"무슨 시인이 이래?" 하며 뒤돌아갔다

미안해요, 우아한 시인을 보여주지 못해
시인보다 시와 함께 살고 있는 농부예요, 나는
그게 당신의 눈에 거슬렸군요
시인이란 깡통 찬 허수아비예요
요즈음은 참새도 속지 않지요

시 한 편 쓰기 위해 종일 쏘다니며 중얼거리다
과연 누가 읽어줄까 자신에게 물어요
책을 낼 때마다 나무에게 미안해요
감정 사치로 나무들만 없애는 게 아닌가 하고요

당신이 보고 싶은 거룩한 시인
시와 살지 않는 시인을 보고 싶다면
색시가 있는 술집으로 가세요
당신도 시인이 될 테니까요

· · · · · · · · · 배낭에 꽃씨를

2
해를 벽에 걸다

살금살금 기어 나간 것들을 붙들어
하얗게 빨아 벽에 건다
언제나처럼 해 바뀌는 날엔

나무로 살다

십 년을 식물로 살아온 여든다섯의 노인
자랐으면 아름드리나무로 기둥이 되었을 터
빨대와 통역이 필요한 그는
앞으로 오 년은 더 살 자신 있다고 한다

여든이 된 아내의 긴 숨소리가 나뭇잎을 흔든다
더 자란들 땔감으로도 쓸 수 없는 나무는
집 안 곳곳에 뿌리내려 물기를 빨아들인다

해를 벽에 걸다

살금살금 기어 나간 것들을 붙들어
하얗게 빨아 벽에 건다
언제나처럼 해 바뀌는 날엔

몇 번인가 그 짓을 하는 동안
그것들이
야금야금 핥아먹어 닳아버린 나를
팽개쳐버릴 거라는 두려움으로
꽝꽝 못질을 한다

도망가는 놈 기필코 붙들어야지
되돌이표 결심을 이미 알고 있다는 듯
숫자들이 씨익 웃는다

의자의 주인

설치미술 전시회에 진열된 의자를 본다

마주한 의자
등진 의자
등받이 없는 의자
다리 없는 의자

정중앙에 반듯한 의자 하나

누구일까
그 의자에 앉을 수 있는 사람은
누구나 앉을 수 있지만
아무나 앉으면 아니 되는 의자
의자 값은 싸지만
앉은 값은 비싼 의자

거미에게 지다

창문 사이에 거미가 터를 잡았다
집을 허물었다
다시 집을 짓고
다시 허물고
또 집이 지어지고
매몰차게 또 허물고

가을에 준비를 해야만
겨울을 나는 거미에겐
물러설 수 없는 생존일 것이다
그냥 두기로 했다

거미줄 친다고 창문이 무너지랴

납골당

세월을 먹지 못하는 그녀
행복했던 한순간을 꼭 붙잡은 채
시간이 정지된 한 뼘의 공간에
흔적으로 진열되어 있다

가진 것도 융통성도 없는 시부모와
일곱 명의 거머리 시동생을
죽어서까지 시중들고 싶지 않아
선산에 묻히기를 거부한 그녀는
지금 홀가분할까

산과 들과 바다로 난
모든 길은 이곳을 향해 있다
그녀가 먼저 도착한 곳
내가 지금 가고 있는 곳

달빛 한 스푼
-어느 한정식 집에서

그 집 앞을 지날 때마다 달빛을 찍어 맛보고 싶다

머리를 쪽진 주인은
맨손으로 조몰락조몰락 나물을 무치다
남모르는 비법으로 달빛 한 스푼 넣을 것이다
달빛을 떠먹을 줄 아는 손님만 받는 그녀는
달빛 닮은 미소로
뜨겁지도 그렇다고 차갑지도 않게 손님을 맞을 것이다

딱 한 스푼만 들어간 달빛은
그녀의 삶처럼 모든 양념을 조화시켜
하나의 맛으로 각각을 느끼게 할 것이다

달빛의 맛을 모른다는 게 들켜질까 봐
주변을 서성이다 되돌아선다

잡초

미안해
농부로 너를 만나 정말 미안해
네가 초원의 주인이지만
농부가 되면
잡초로만 보이는 게 너무 미안해

네가 꽃을 피울 때까지
시인이 되어 기다려줄게

근사하게 꽃 한 번 피지 못하고
밟히고 뽑혔던 생존의 일상

꽃도 피우지 못한 채 뽑혔던 일이
어디 너뿐이런가

미안해 정말 미안해

부추 밭, 점령당하다

3년 전
그들 몇 마리가
작은 몸짓으로 땅굴을 파 내려갈 때만 해도 구경꾼이었다
탑을 쌓고 지하창고에 먹이를 숨기고 광장을 넓히고
군대를 양성하고 일꾼을 훈련시키는 동안에도
그 부추 밭이 내 것이라고 믿었다
부추를 자를 때도
애써 만든 집을 허물게 하고 싶지 않아 조심하기도 했다

그들은,
그곳에 그들의 나라를 건설하고 막강한 군대가 경비를 선다
발을 들여놓으면 일제히 공격하는 무장된 군사들
부추 밭의 주인은 누구인가?

신이 되어 그들에게 재앙을 내릴 것인가
자연인이 되어 더불어 살 것인가
동물이 되어 전멸시킬 것인가

나는 그들에게 무엇이 되어야 하니?

꽃은 봄에만 피는 건 아니다

봄에 서둘러 꽃을 피우는 나무도 있고
잎부터 키우는 나무도 있다

겨울의 눈보라를 견뎌왔기에
봄에 피는 꽃은 화사하고
여름의 폭풍우를 지나왔기에
가을꽃은 시리도록 애잔하다

어느 꽃도 그냥 피워지는 건 없다

늦잠 자는 씨앗도
일 년 중에 한 번은 꽃을 피우고
겨울 전에 씨앗을 맺는다

봄에 피는 꽃만이 꽃이런가
가을에 피는 꽃도 꽃이라고 불린다

군자란 웃다

햇빛 좋은 날
모두들 까르르 웃고 있을 때
꽃으로 불러주지 아니하여
아니, 불러준다 할지라도
같이 어울리지 않았던 네가
봄부터 가을까지 토실하게 키운
네 심연의 불꽃으로
겨울을 태우누나

별을 보다
–고흐의 '별이 빛나는 밤'을 보며

조금 천천히 숨을 쉬세요
분노가 별을 삼키고 있어요
달이 태양보다 뜨거우면 잠을 잃어요

그대 손에 별이 잡히지 않았다 해도
별을 품은 그대는 아름다워요
별은 그대의 것이에요, 바라보는 순간만은

소용돌이에 휘말리지 않은 삶이 흔하던가요?
어디에든 바람은 불고
그때마다 휘청거리지만
구름에 가린 별은 바람이 지나면 다시 보여요
어둠이 진할수록 별은 빛나고
살아있는 사람만이 바라볼 수 있어요

외로움

가고
오고
되돌아가는 사람들 중에
나를 아는 사람 없네
내가 아는 사람 없네

인사하고 악수하고 안부 묻는 사람 많아도
내 영혼이 머물 수 있는 사람 없네

아무 말 하지 않아도
영혼과 영혼이 교류하는 사람을
딱 한 번만이라도 만날 수 있다면
내 생애는 찬란하겠네

묻지 않으리

그대가 누구인지 내가 누군지도
무엇을 하려 했고
무엇을 하지 않으려 했는지
줄 수 있는 게 무엇이며
줄 수 없는 게 무엇인지
나 그대에게 묻지 않으며
또한 나에게도 묻지 않으리
그대 있는 그대로
나 지금 이대로

작은 들꽃을 보며 환희에 차고
밟힌 잡초에 핀 꽃이 미안하게 예뻐 보일 때
바람의 감촉을 둘이서 느낄 수 있을 때

그대와 난 하나
다른 무엇을 더 알려 하리오

초상집

잠인 듯 꿈인 듯 25년을 자리에 누워
뿌리를 깊게 내리던 55세의 여인이 뿌리를 뽑았다
장마 지면 뿌리도 약해져 뽑히기가 쉬운 법
덮은 홑청을 뜯어 동아줄을 만들어 하늘로 기어오른 여인
그날은 가족 대신 하늘이 울었다

영전에 앉은 딸은 스마트폰을 들여다본다

수련꽃 피다

결혼 4년 만에 부지런히도 딸 셋을 만들어 놓고
스물일곱의 그녀 곁을 준비 없이 떠난 남자
본인도 믿기지 못했던지 밤마다 그녀의 꿈속에 왔었단다

눈뜨면 꼬물락거리는 맡겨진 생명
살아있는 자만이 살아있는 것을 키울 수 있기에
죽을 희망조차 가질 수 없었다
남의 머리를 다듬는 그녀의 손가락은 남의 시선에서 숨어
야 했다
묶여진 머리, 바람에 흔들리지 않으려 시멘트 바닥에 뿌
리박은 다리
하늘거리던 허리가 점점 굵어진 것은 세 딸의 기둥이 되
어서이다

젊음을 딸한테 먹이는 동안 봄여름은 가고 가을이 되어버
린 그녀
연분홍 수련꽃 뜯어 한복 한 벌 해 입고 화려한 나들이 하
고 싶다는
그녀의 얼굴에 수련꽃 피다

시계

죽은 시계
게으른 시계
부지런한 시계
버려진 시계

시계가 가리키던 시간들은
어디에 떠돌아다니는지
살아있는 시계는
오늘 이 시간만 가리키는데

삶에 환희를 느낄 수만 있다면
이 순간
시계가 멎어도 좋으련만

신보다 위대하다

살아있는 것만이

생명을 생산하는

거룩한 의무를

이행할 수 있기에

살아있는 모든 것은

신보다 위대하다

부처는 돈을 좋아해

가파르게 오르는 보문사 가는 길
흘린 땀 부처님이 공양으로 받아주길

든든한 집 지어드린 석굴 속 부처님
왕궁을 벗어나온 부처 뜻 헤아리면
소탈한 우리네 집이 더 편안도 할 듯

번쩍이는 금색 옷이 내키지 않은지
손을 베고 누어있는 돌상의 미소가
바위에 온기를 돌아 숨을 쉬게 하네

옥돌로 새겨진 수백 개의 부처상이
공손히 두 손에 동전을 받쳐 드니
부처님이 귀하게 모신 건 돈이었나 보네

• • • • • • • • • 배낭에 꽃씨를

3
사막을 걷다

신기루인가
오아시스인가

사막을 걷는다
낙타는 없다
어디에도

사막을 걷다

사그락 사그락
가슴에 쌓여가는 모래

바람이 일면
있다가 지워지는 모래성

신기루인가
오아시스인가

사막을 걷는다
낙타는 없다
어디에도

밤에만 찾아오는 남자

낮에 올 수 없어
밤에만 찾아오는 남자
보고 싶다는 투정에
물끄러미 쳐다만 보는 남자
그렇게 급할 것도 아니었는데
서둘러 가버린 후 밤의 남자가 되었다
급한 성질은 여전해
가는 길 멀다며
잠깐만 머무르는 남자의 얼굴엔
정지된 시계가 걸려있다
그때나 지금이나
붙잡을 수 없어
허공을 쥐는 손가락에
걸려오는 아쉬움

팔월

태풍에 흔들릴까
땅에 엎디어
그 속에 묻힌 임을
부르다 목메는
임을 보낸 달

가슴속 얼음이
땀으로 배어 나와
온몸이 시려온
태양이 내 안에서
빠져나간 달

그리움

임 가신 곳 하도 멀어서

밤새도록 걸어도 만날 수 없어

눈뜨면 제자리에 다시 와 있네

명절 후유증

설날 아침
그대 영정 앞에 좋아하는 음식 올렸지
자정 오 분 전
자식들 제 둥지 찾아가고
그대 사진만 남았어
꽃향기 취한 웃음으로
내게 씽긋 한 눈 감아주던 기억
이제야 생각나 윙크로 답했어
늦게, 너무 늦게서야
날 위해 놓고 간 그대 노래 들었지
심장이 녹아내려 핏물로 얼룩진 가슴
이불로 덮었어

자전거 눕다

코스모스 핀 호조벌을 휘파람 불며 달리고픈 자전거
창고에 엎디어 흑흑거린다

학비와 생계를 자전거에 태우고
매달려 떨어질 것 같지 않은 가난을 털어내려
페달을 더 빨리 돌려야 했던 그의 젊음은
심장도 바쁘게 펌프질했다

자동차로 바꾸어 가난을 따돌릴 때쯤
자전거를 샀다
가난보다 더 두려운 것을 털어내고 싶은 마음일 게다
몸속 깊이 세력을 키워가는 암의 속도는
자전거 속도보다 더 빨라 목적지에 먼저 가 기다리고 있었다
그가 헉헉거리며 페달을 돌리자 자전거도 헉헉거렸다
빨리 가기보다 늦게 가기가 더 어려워
주인이 눕자 같이 누웠다

채무자

채권자가 빚을 받으러 문을 두드리는 날
목욕하고 제일 좋은 옷을 꺼내 입고
계산서와 이자를 챙겨 셈하러 가리라
그동안 빌려 쓴 나날들의 손익계산서에
가장 큰 이익을 남겼던 사업이
받을 수 없는 사람에게 주는 사업임을 확인하고
빌려주어 고마웠음을 정중히 인사하리라

인도에 가다

인도의 부름에는 미적거리던 그가
하늘의 부름에는 왜 그리 급하게 대답했는지
미쳐 다 보지 못한 세상에 아쉬움이 많다며
넓은 바다로 보내달라던 그

그가 가고 싶어 했던 인도에 갔다
무엇이 그를 불렀을까
동물과 사람과 쓰레기들이 차별 없이 어우러진 모습일까
빌딩과 판잣집과 부조화의 조화를 확인하고 싶었을까
영혼과 육신이 더불어 숨 쉬고 있는 곳에서
인간도 자연의 일부임을
겸허히 받아드리는 연습이 필요함을 확인하고 싶었을까

그의 눈을 빌어 본 인도는
이세상과 저세상의 중간쯤 어디에 있는 나라다

떠나는 연습

한 해를 보내는 마지막 날, 서점에 가 세계지도를 샀다
지도를 펴 가고 싶은 곳과, 갈 수 있는 곳을 짚어 본다

역마살이 낀 그의 차 속엔 언제고 떠날 준비가 되어 있었다
낚싯대, 배낭, 취사도구, 돗자리 등
생활이 지루해질 때쯤이면
꾀병을 앓고 있는 그의 치료약은 집을 떠나는 일이다

연습이 잘 된 그는 이 세상이 따분해질 때쯤 기꺼이 저 세상으로
떠났다

그곳은 이곳의 여행도구가 필요하지 않아 새로 장만해야 했다

세계지도에 없는 어떤 나라에서 그는 열심히 구경을 다닐 것이다

새로운 해는 새로운 여행을 떠나야 하기에 새로운 준비를 한다

진주

내
가슴속에
그대가 진주로 크고 있네

언제쯤 이 아픔에 익숙해질까

그때쯤이면 내 손가락에
보석으로 끼워질 수 있을까

가장 가벼운 옷

사십 년 단골 한복집에 갔다
"좋은 일이 있으신가 봐요"
잔치가 있을 때마다 그 집 옷을 입었다
대물림한 주인 웃음이 비단처럼 곱다
"마지막 잔치옷을 준비하려고요"
"어떤 천으로"
"가장 가볍고 부드러운 것으로요"
눈치 빠른 주인은 옥색과 연한 분홍색 명주를 내보였다
둘이서 옷을 맞출 일은 이게 마지막일 게다
옷에 사치를 하지 않은 우리에겐 과하다 싶었지만
내가 해줄 수 있는 건 많지 않았다
이 옷을 입고
잠자리처럼 가볍게 하늘을 날았으면

옷 한 벌 얻어 입고 가려고
그 많은 눈물과 땀을 흘렸던가

갠지스 강에서

숨 쉬고 있음이 살아있음은 아닐 것이라는,
죽음은 단지 이 세상에 없음은 아닐 것이라는,

태어날 때부터 떠나기 위해 긴 여정을 준비하는
보이는 현세를 버릴 줄 아는 사람들의 강 갠지스에서
그대를 보냈네
강에 떠 있는 꽃바구니 촛불이
기도한 영혼인 양 강물에 반짝일 때
그대 좋아했던 맥주로 갠지스 강을 희석하고
글라디올러스 꽃송이를 그대에게 보내면서
그대가 내 안에 남아있는 동안은
죽은 자와 산 자가 같이 지낼 수 있음을

강물이 바다에 닿을 때
바다에서 기다리는 그대를 만나러
강이 되어 흐르려네

축제의 시작

새 생명이 태어났다
축제의 시작이다
하고 많은 생명 중에 인간으로 태어남은
축제에 초대된 귀하고 귀한 생명이니
삶에서 주어진 모든 것은 축복이다

태어나지 않았다면
태양은 그림자를 만든다는 걸
달은 빛을 받아 되돌려준다는 것을
별은 멀리 있어 반짝인다는 것을 어찌 알았겠는가?

태어나지 않았다면
밥을 눈물에 말아먹어야 하는 그 짭짤한 맛을
남의 돈을 받는다는 건 코에 든 피가 익어야 한다는 것을
물과 땀과 피의 색깔과 맛이 다른 이유를 어찌 알았겠는가?

태어나지 않았다면
모든 것을 다 주고라도 바꿀 수 없는 무언가가 있다는 것을
보이지 않는 것이 세상을 움직인다는 것을
생명을 가진 모든 것은 사라져야 한다는 것을 어찌 알았
겠는가?

모르고 태어난 이 세상이 축제의 시작이듯
알지 못한 저 세상에서의 태어남도 축제의 시작일 것이다

사랑의 본질

당신 나를 사랑했나요?
당신 영혼을 위한 미사를 드리면서 불현듯 의심이 들었어요
당연한 걸 묻는다고 화를 내는군요

우리가 사랑이라고 우기며 악다구니하던 짓들이 맞는 것인지
정제되지 않은 당신의 열정으로 후벼 판 심장 속의 구멍이
아직도 메워지지 않은 걸 보면 아닌 것도 같아요
그곳엔 못들을 뽑아내는 치유사도 있겠지요?
옆에 있던 당신보다 사진 속의 당신이 더 멋져 보여요
당신보다 사진을 더 사랑했나 봐요

그곳에서 태어날 날은 축제로 해 달라는 당신의 바람처럼
그곳에는 영혼과 육신이 일치된 사랑만 있겠지요?
그랬으면 해요
그윽한 미소를 머금고 기꺼이 도착한 그곳에서
사랑만을 위한 사랑을 시작해 봐요

어떻허다 놓쳐대여

어떻허다 아저씨를 놓쳐대여
남편을 떠나보내고 고향에서 듣는 아낙의 인사다
붙잡고 있던 손을 그가 놨을까 내가 먼저 놨을까
아니면 동시에 놨을까
놓쳐 버리고 나서야 붙잡을 수 없음을 알았다

볼품은 없지만 다구지게 살림을 일군 그녀는
이웃 여자와 살림을 차린 남편을 수십 년 지켜보다
불구가 되어 버려진 후에야 노후를 같이한 아낙은
부부라는 끈을 질기게 붙잡고 있었나 보다
어떻허든 놓치지 않으려고

연습이 필요해

어제,
헤어짐의 연습이 덜된 채
오늘,
헤어져 버리고 나면
내일,
헤어진 모든 것들이
아쉬움으로 가득가득 쌓이겠지

남은 자와 떠난 자의
아름다운 헤어짐에는
얼만치의 연습이 필요한 걸까

남편 죽이다

그를 완전히 죽이는 건 어렵지 않았다

한 달 전 송별식을 할 때까지도 아니, 조금 전까지도
그는 내 남편이었다
신분증을 확인한 그녀는
"다 됐습니다"
사무적인 한마디로 이 세상에서 그를 지워버렸다

내게는 일생에 가장 큰 지진인데

열한 시 반의 빛은 너무 잔인하다
의자에 주저앉아 기어 나오는 눈물을 밀어 넣는다
부르면 어디서든 달려오던 유일한 사람은 이제 없다
1번에 입력된 단축번호를 눌렀다
내 가방에서 그가 울었다
"당신 보고 싶으면 어떻게 해?"
"사진 보면 되지"
더 이상 늙지 않을 그의 사진은
내가 어떻게 늙어 가는지 지켜볼 양으로 나를 응시하고 있다
사무적인 그녀는 인구 숫자에서 그의 이름을 빼버렸지만
내게서 이 사진을 빼앗진 못했다

선물

그대를 보냈네
멀리
아주 멀리
내 따라갈 수 없는 곳에

그대 마음까지 보낼 수 없어
칭칭 동여매 붙잡고 있네

내게 준 추억들이 혹 잃어질까 봐
날마다 달마다 헤아려 보네

홀로인 겨울은

모든 구멍 털구멍까지도
찬바람이 나온다
옷을 겹겹이 입어도
뜨거운 물을 마셔도
한증막 안에 있어도

가슴에 쌓인 얼음을
이불로 덮었더니
녹아내린 찬물들이
구멍마다 기어 나온다

홀로인 겨울은
외로움보다 아프다

오늘 같이 있음이

오늘
같이 있음이 축복임을
오늘이
지난 후에야 알았네

어제
같이 왔던 길
오늘
혼자 가네

혼자 보내는 것도 아프지만
혼자 남은 것이 더 아프네

씨앗

떠난 자가 남겨 놓은

그리움의 씨앗을

남은 자가 키우면

꽃이 피어 열매가

열리기는 하는가

열린들 같이 나눌

임도 옆에 없으니

빈 가슴 씨앗으로

가득가득 채울까

 • • • • • • • • • 배낭에 꽃씨를

4
내게 손을 내밀다

숨을 고르고
꽃이랄 수 없는 작은 꽃을 보았다
한 참 을

어둠이 걸어와 내 곁에 서성일 때
그녀가 내게 손을 내밀었다

신을 향해 걷다

오늘도
당신을 향해 걷습니다

언제나 그 자리에
나를 기다리는 당신

당신이 기뻐할 선물을
준비하지 못해
주변을 서성이다
들꽃 한 아름 손에 듭니다

당신에게 가는 길이 외롭지 않도록
들꽃 씨를 뿌려 놓은
당신의 깊은 속내를
늦게 아주 늦게야 깨닫습니다

비어있어 가득하다

큰 화폭에 비어있는 작은 백자 한 점

그 안에 무엇을 채우고 싶었을까 화가는
많은 것을 채우기에는
그릇이 너무 작아 비워놓은 것일까

가득가득 쌓아져 더 채울 수 없음은
아무것도 없음임을
화폭에서 본다

달걀의 공기주머니처럼
비어있는 작은 그릇은
화폭을 숨 쉬게 하는 숨구멍이구나

감자꽃

딸 다섯 중에 셋째의 별명은 '딸 그만' 이었다

봄기운이 오기도 전
땅에 심겨
추위와 함께 살아내야 했던 그녀
꽃이 피어도
농부조차 눈여겨보지 않았다

보이는 꽃보다
보이지 않은 뿌리를
토실토실 살찌워
수확하는 농부를 기쁘게 한
그녀는 감자꽃이다

그녀의 정체가 수상하다

사람 새끼를 낳아 기를 때만 해도 그녀가 사람인 줄 알았다
아들이 자박자박 걸어 유치원에 갈 때도,
유치원 자모회장까지 한 그녀의 치마폭이
온 동네를 청소할 때까지도 분명 그녀는 사람을 낳은 사람이었다

"예뻐야! 엄마한테 오련"
나비 리본을 머리에 맨 개 새끼를 부를 때
그녀는 개 엄마로 멍멍거렸다

시어머니가 예뻐한테 밀려 가출했을 때도
동네 전봇대는 아무런 소식을 달고 있지 않았다
그녀가 외출한 사이 엄마 찾아 예뻐가 가출하자
현상금이 붙은 예뻐의 얼굴과 징징거리는 그녀의 전화번호로
온 동네 전봇대가 시끄러웠다

개 새끼를 낳은 그녀의 정체가 수상쩍다
아무래도 그렇다

남대문에 묻다

돌 위에 나무로 지어진 사립문이
너 하나뿐이 아닌데
네가 국보 일 호라는 게 너도 좀 부끄럽지?

분수에 걸맞지 않은 옷은 부담스러워
조금은 쑥스럽고
너도 그런 느낌이니?

운이 통하는 건 사람만은 아닌가 봐
실력 없이 운으로 출세한 사람이
앞길이 불안하듯
너도 그런 심정이지?

내게 손을 내밀다

그녀가 집을 나갔다
오래전이던가? 엊그제였던가?
그녀가 집에 없다는 것을 알았던 날이

그녀를 찾으러 길에 나섰다
찾아오기를 기다린 듯
여기저기 기웃거리는 그녀의 뒷모습

붙잡으러 달려갔다
빨리, 더 빨리, 조금 더 빨리
그녀도 달려 도망쳤다
빨리, 더 빨리, 조금 더 빨리

헉헉거리며 쫓다가
잡초꽃이 널브러진 들녘에 엎드려졌다

숨을 고르고
꽃이랄 수 없는 작은 꽃을 보았다
한 참 을

어둠이 걸어와 내 곁에 서성일 때
그녀가 내게 손을 내밀었다

이길 수 없는 전쟁
-잡초와의 싸움

이 땅의 주인임을 선언한 25년 전에
네들을 몰아내리라 당차게 계획했지
최신 화학무기도 실험해보고
동원할 수 있는 모든 무기를 사용했지만
지능적으로 세력을 확장하는 네 꼼수에
번번이 패배한 전쟁

그래, 너는 태초부터 이 땅의 주인이었다
네 땅을 잠시 빌려 써야 하는 주제에
감히 주인으로 행사한 무례를
녹초가 되어버린 후에야 진정으로 사과했다

이제, 겸손히 네게 양해를 구한다
네 땅을 좀 빌려 써도 되겠니?

목걸이

굵은 쇠사슬로 목을 묶인 여인
죄명 벗겨지기 어렵겠네

황홀한 최면에 걸리고 싶을 때면
누런 쇠사슬을 목에 채우고
거울로 만든 감옥에 들어가
문을 걸어 잠그네

거울이 깨진 후에야
목에서 쇠사슬이 벗겨져
평생을 따라다니던 죄명이
벗 겨 지 겠 네

추억

헤쳐 걸어온 들길에도
꽃은 피었었네

그때 보지 못한 꽃
이제금
뒤돌아보고 싶네

심연(深淵)

눈을 뜨면 보이지 않는 곳
깊고 깊은 곳을 보려고
눈을 감았다

깊은 곳에서는 숨도 깊게 쉬어야 한다

서로 움트려고 고개를 내미는 씨앗을 본다

꽃이 예쁜 씨앗을?
열매가 튼실한 씨앗을?
잡초 씨앗을?

어느 씨앗을 키울까 고르는 손이 떨린다

가로수의 꿈

생명을 유지하기 위한 뿌리만 분 뜬 나무는
꽁꽁 묶인 채 도심 가로수로 심겨있다
살아내야 하기에 뿌리내려 애쓰지만
시멘트 바닥은 만만치 않다

밤도 낮 같고 낮도 밤 같은 혼돈으로
불면증에 시달리다 향수병에 걸린 나무는
날마다 졸린 눈으로 꿈을 꾼다
별들이 총총한 산비탈에 큰 정자목 되어
여름엔 어르신들의 모임터가 되고
가을엔 나그네의 쉼터가 되고픈

시멘트 바닥을 걷다 지쳐가는 오십 대 남자가
가로수에 기대어
가로수와 같은 꿈을 꾸며
별이 보이지 않은 하늘을 쳐다본다

나를 보다

남이 나 보듯
내가 나를 보았네

가득가득 채우려고
무던히도 애썼던 것
채워졌다고 여겼던 모든 것들이
껍데기였음을 보네

눈이 밝을 때
보이지 않던 것이
어두워져서야 보였네
어느 것이 알맹이였는지

늦지 않았을까 허둥대다
그 알맹이조차 놓칠까 두려워
숨을 고르네

깊게 아주 깊게

꽃기린

일 년 내내
꽃이 피는 꽃기린

열매 붙여주고라도
쉬게 하고 싶다

열매를 맺지 못해
미안해서 또 피는 꽃

모든 날들이

오늘은
삶과의 이별을 연습하는 마지막 날

내일은
새로운 삶과의 만남을 기다리는 첫날

모든 날들이
가슴을 뛰게 하는 황홀한 날이었으면

소나무

바위틈에 떨어진 씨앗 하나

누구 탓 없이
그곳에 터전을 마련했구나

네 입김이
바위를 쪼개고

도끼보다 힘 있게
그러나 부드럽고 느리게
바위 위에 너를 세워놨구나

보여진 그 꽃

앞사람 뒷모습만
보며 달리다
돌부리에 넘어져
주저앉은 후에야 보았네

돌부리 사이에
소박하게 웃고 있는
작은 꽃을

오랫동안
그 자리에 있었지만
넘어진 후에야
보여진 그 꽃

칡꽃

그 소나무

칡꽃 향기에 취해

황홀히 죽어 가누나

나팔꽃

길가 화단에 심겨진 단풍나무에
부드럽게 아주 부드럽게
어루만지듯 쓰다듬듯 휘감아 기어오르더니
승전의 나팔을 불어대는 나팔꽃

서서히 기운을 잃어가다가
잎이 떨어진 가을쯤에야
내년 봄엔 일어날 수 없음을 안 나무는
두려움에 몸서리친다
또 다른 나무에 기어오르기 위해
수많은 나팔꽃 씨가 땅속에서 준비하고 있음을
너무 늦게 알았음이다

배낭에 꽃씨를

정상을 향해 걷는 이여
필히 배낭에
꽃씨 한 줌 넣어가렴

쉬는 곳곳에
꽃씨 뿌려 놓으면
내려올 때
외롭지 않으리니

미친 봄

겨우내 꽁꽁 싸맸던 생식기를
부끄럼 없이 열어젖히는 봄날
교미하는 꽃들에
덩달아 흥분하는
구경꾼들

미친 봄이다

제비꽃

야생화 전시장에
분재화분에 앉아
앙증맞게 웃고 있는
너를 보는 순간
텃밭에서 너를 뽑던
내 손을 감추었지

시인으로 만났다면
네가 꽃으로 보였을 터

이름

죽어야 할 때 죽지 못해
더럽게 남은 이름

죽어서 살아있는 이름

살아서 죽어가는 이름

깨끗한 입으로 불러주어
영광된 이름

후손에게 물려주고 싶은
복된 이름

징검다리

물살 가르고 돌을 놓았을
누군가의 가쁜 숨소리
물도 돌도 건너는 이도 기억하지 않는다

돌의 생김대로 휘돌아 흐르는 물
어제도 그렇게 흘러갔다
오늘도 그렇게 흐른다
내일도 그러리라
물살을 탓하다 돌 생김새를 탓하다
건너기를 망설이는
사람이 서 있을 뿐이다

멀리서 보는 타인의 눈엔
정겨운 풍경이리

나팔소리

지구를 살리자고 나팔소리 요란한데
지구까지 살리기엔 역부족인 나는

설거지 빨래할 때 조금 덜 깨끗하게
남은 음식 용감하게 싸들고 오고

겨울은 춥고 여름은 덥게
밤은 어둡고 낮은 밝게
밥 한 끼 아프리카 어린이에게

정치인은 정치에, 사업가는 사업에,
장사꾼은 장사에, 농사꾼은 농사에,
회사원은 회사에, 공무원은 공무에
충실하다면
나팔 불지 않아도 소리는 멀리 퍼질 터인데

자본주의

그들이 나의 값을 매긴다

옷의 가격과 가방의 상표와 신발의 출신을 내 얼굴보다
먼저 쳐다본다

눈의 시력은 알지 못하면서 끼고 있는 안경으로 눈의 가
격을 정하고
얼굴을 조작한 가격이 사람의 값이 되는,
썩어가는 내장과 피부병을 가리려 명품 옷을 입는 사람은
명품 인이다

빚 문서만 가득 들어있는 가방이 명품이면 빚도 명품으로
취급한다
보이지 않은 것은 가격 기준이 없어 전당포에서도 받아주
지 않아
맑은 영혼이라든가 사랑이라든가 인정 같은 것은
국민소득 지표에도 들어가지 않는다

열 사람 밥을 빼앗아 혼자 쌓아놓고 썩혀가며 먹는 능력
자는 존경받는 사람인지라
모두가 그 대열에 끼려 아홉 사람을 밟고 앞으로만 달린다

아홉 사람들 중에 들어가는 모질지 못한 시인은 항상 배
가 고파야 한다

뽕나무의 항의

길가에 자연생 뽕나무 한 그루 자라고 있다

잎이나 가지가 잘려나가 언제나 고만한 키다
손목 발목이 잘려 도와달라는 팻말을 목에 걸고
엉덩이로 이동하는 전철 속 장애인을 본다

잘록한 가지에 팻말을 걸고 있다
―너희만 오래 살겠다고 나를 잘라가는 인간들아!
나는 죽어도 된다는 거냐?―

조의를 표한다

닭을 죽이고,
멸치와 미역을, 상추와 호박을, 사과와 포도를 죽이고
더 좋은 것을 죽이려 호시탐탐 노려왔다
내 생명을 이어가려 많은 것들을 죽여왔다
지나치게
너무 많이

죽이기 위해 종일 일했다
제초제를 뿌리고
살충제를 뿌렸다
처음이고 마지막인 그들의 생명을

내 생명을 유지하기 위해 죽어간 모든 생명들에게
겸 허 히
조의를 표한다

 · · · · · · · · 배낭에 꽃씨를

5
희망을 낚는다

산야에 야금야금 어둠이 스며
카페에서 도망쳐온 라이브 노래가
어슬렁거리는 저수지 둑길
별들이 내려와 매달리면
은하수 다리가 이어진다

시장통 붙박이 되다
−삼미시장 노전에서

꼬부라진 시장통 모퉁이
출신지 밝히는 삐뚤빼뚤한 이름표 달고
올망졸망 웅크리고 있는 잡곡류들
애원하듯 오가는 사람을 바라본다

안경도 없이 도라지 더덕 껍질을 벗기는 뭉툭한 손
모든 맛을 찍어 맛보았을 손가락은
더 이상 찍어 맛볼 맛이 없음인지 지문조차 지워졌다

한때 큰소리치던 남편이 넘어질 때도
두 아들 대학원 등록금 마감 때도
희망차게 움직이던 손가락

팔십의 나이가 그녀의 얼굴에서 튀어나온 건
졸업한 두 아들이 그녀의 희망을 부도내서다
세 남자가 그녀의 손가락에 옹이를 박는 동안
그녀는 헌 파라솔 밑 시장통 붙박이가 되었다

용사로 만드는 훈련장
-갯골 소금창고

삭아가는 뼈를 지팡이로 버티며
전성기 추억을 되새김질하는
용전(勇戰)의 막사(幕舍)가 있다

방황하며 떠돌던 물 알갱이들을
갈고 닦는 수련으로 철들게 해
부패와의 전쟁에 온몸을 투신한
용사로 만들던 훈련장
결코 돌아올 수 없었지만
기꺼이 출전했던 용사들이 머물렀던 곳

월곶의 요염한 불빛들이 유혹해도
방게들이 온몸을 간지럽혀도
그 자리에 버티고 서 있는 건
그날이 언제인지는 모르지만
물 알갱이들이 다시 찾아올지 모른다는
희망의 끈을 놓을 수 없기 때문이다

전철 타고 섬에 가다
– 오이도에서

섬이라고 불리기가 쑥스러워
고개 숙여 빙긋 웃는 오이도

비상하는 갈매기의 날갯짓이 보고 싶어
훌쩍 섬으로 떠나고 싶을 때
전철로 가는 섬 오이도

달려오는 바닷물에
묶여있던 고깃배
엉덩이 들썩이며 야스럽게 춤추고
조금, 아주 조금 마신 술에 얼굴 붉혀
집으로 들어가는 해의 뒷모습
친정어머니다

숯불 위에 큰 입 벌려 하품하는 조가비
잊혀진 코흘리개 소꿉친구 불러내다

사람냄새 맡으러 간다
-삼미시장에서

해도 지쳐가는 삼미시장 골목길
예전엔 소금으로 그득그득 쌓였을
소금창고 뚝방길에 콩콩 심은 강낭콩 까
허물어가는 소금창고 얼굴로 앉아있는 할머니

울안에 몇 개 달린 가지 호박
길가에 펼쳐 놓은 그늘진 여인
사십 넘어 장가 못 간 두 아들로
얼굴에 주렁주렁 매달린 근심

가슴보다 허리가 더 굵은 순댓국집 아줌마
허리만큼이나 굵은 인심으로 국그릇이 넘친다
곱슬머리에 거무틱한 생선가게 총각은
말이 서툴러 얼굴로 손짓으로 손님을 부른다

사람도 파장 때는 너그러워지듯
시장도 그때쯤엔 넉넉한 흥정
사는 이도 파는 이도 흥정하다 돌아가는 이도
사람냄새 맡으러 질척한 시장에 온다

살아 숨 쉬는 공원이어라
−갯골 생태공원에서

바다가 숨 쉬고 땅이 숨 쉬고
작은 생명들이 숨 쉬고
그 안에 사는 사람들이 숨을 쉰다

밀려드는 바닷물과
꼬불거려 흐르는 저수지 물이
갯골에서 만나 서로 얼싸안고
새로운 생명을 키워내는 곳

이 갯골에 와서
일렁이는 갈대숲을 헤집고 사는 생명들을 보라
모든 게가 다 옆으로 기는 것은 아니다
당당하게 앞으로 기는 게도 있음을 보라

여러 종류의 생명들이
여러 형태의 집을 짓고
여러 모양으로 살아가는 모습을 지켜보라
살아있음은 그런 것
움직이는 것
또 다른 변화를 위해 계속 움직이는 것
살아있는 생명을 위해

태초부터 창조주가 만든 공원
시흥이 후손을 위해 남겨주어야 할
위대한 유산
갯골 생태공원

희망을 낚는다
-물왕저수지에서

나븐들*이 푸른빛 물들 때
저수지는 젖을 짜 그 빛을 키운다
푸르름이 익을 때면
호수가 되는 저수지

물결이 빛을 받아 숨 쉬고
파닥이는 붕어의 반항이 무료한 일상을 진장시킨다
훌쩍 떠나고 싶지만 멀리 갈 수 없는 도시민들은
휴식을 낚으려 저수지에 온다

산야에 야금야금 어둠이 스며
카페에서 도망쳐온 라이브 노래가
어슬렁거리는 저수지 둑길
별들이 내려와 매달리면
은하수 다리가 이어진다

한가로이 헤엄치는 달빛으로
도시민은 영혼을 씻고
권태를 바늘에 꿰어
희망을 낚으려 물왕저수지에 온다

*나븐들: 시흥시 물왕저수지 근처의 마을명

소래산을 오르며

가파른 오르막 내리막길에
나무계단 손잡이 밧줄 이어준
누군가의 수고로운 손길에
오늘도 소래산을 오르내리며

지금도 험한 산을 오르고 있을
힘겨운 누군가의 발길에
디딤돌 하나 놓지 못하고
내내 빚진 채로 살고 있음을
소래산이 내게 일깨웁니다

시흥의 큰 받침돌이 되소서
−자치신문 창간 4주년을 축하하며

그대
드넓은 호조벌에
단단히 꽂힌 희망의 깃발
시흥의 자존심

그대
손길을 내미소서!
어려운 이에겐 자선을
병든 이에겐 치료를
썩은 상처에는 예리한 칼을

그대
기억하소서!
입은 하나이고 귀는 두 개임을
필요 없이 입을 여는 것은 공해이나
필요할 때 입을 닫는 것은 자살임을

그대
구두를 닦으소서!
구두가 깨끗하면 시궁창에 빠질까 조심하나니
시궁창에 빠진 구두는 걸을 때마다

썩은 악취로 주변을 오염시킴을

그대
고개를 들어 하늘을 보소!
볼 수 있는 것을 보여 주는 것은 누구나 할 수 있는 일
볼 수 없는 것을 보여 주고
만질 수 없는 것을 느끼게 해 주기를 바라나니

그대
모두의 사랑과 기대를 먹고
나날이 건강하게 자라서
시흥에 큰 받침돌이 되소서!

그대는 맹물이어라
−창간 6주년을 축하하며

빗물과 폐수와 계곡물이
뒤엉켜 흐르는 잡탕물 속에
한 줄기 맑은 물이
흐르고 있네

깊은 땅속에서 차오르는
맑은 샘 하나 있어
물이 다 혼탁하지만은 않다는 것을
일깨우게 하네

물은 많지만
꼭 필요한 물은 부족하나니
그 작은 샘에 희망이 있기에
모두는 그 샘을 지키고 싶어 하네

맹물이어라
그대는 그냥 맹물이어라
맹물은 모든 물을 정화시킬 수 있지만
모든 물로도 맹물을 만들 수 없나니

꿀물도 음료수도 흙탕물도 아닌
가장 순수한 맹물이어라
그대는 맹물이어라

횃불을 드소서
−창간 7주년을 축하하며

해 뜬 날 궂은 날 눈보라 치는 날을
잘도 견디어 자라온 일곱의 나이
돌부리에 걸려 넘어져도
툭툭 털고 일어설 수 있는
건강하게 성장한 그대여
이제는 횃불을 드소서!

어둠을 가르고 앞장서 옳은 길을
뚜벅뚜벅 걸어야 하는 예언자는
현세에서는 핍박의 대상이지만
후세가 그들을 증언할지니
그를 믿고 동행하는 이들의 발자국이
역사의 흔적이게 하소서!

진실의 값은 가장 싸지만
진실을 외면한 대가는 가장 비싼 것
단것에 맛 들여 단명하지 말고
쓴 것을 즐겨 길이 장수하소서!

의인 열 명이 없어
소돔과 고모라가 멸망했나니

열 명 중 한 명의 의인이 되어
살아서 죽어있는 자보다
죽어서 살아있는 자 되소서!

시흥의 희망이여라
-창간 10주년을 축하하며

비바람 눈보라 태풍에도
자갈길 오솔길 가시밭길을
묵묵히 걸어온 지 10여 년

달리다 넘어지지도
한눈팔다 샛길로 빠지지도 아니하고
가야할 길을 꾸준히 성실하게 걸어온 그대!
그 길이 시흥의 새로운 길이 되리니
후일 모두는 얘기하리라
선구자의 길이였노라고

흰 것은 희고 검은 것은 검다고 말할 수 있는 입과
차갑고 냉철하지만 지혜로운 머리와
분노가 아닌 뜨거운 열정을 품은 가슴으로
그대, 어제와 같이 오늘 걸으소서, 또한 내일도
그 걸음마다에 꽃씨 한 줌씩 뿌려 놓으면
아름다운 시흥에서 젊은이들은 꿈을 꾸고
우리 모두는 희망을 보리라

아름다운 길을 만드소서
-창간 11주년을 축하하며

아무나 걷는 등산길도
애초에는 누군가가 만들었을 터
처음 그 길을 낸 사람은
가시덤불 헤치며 바위에 부딪쳐
온몸에 생채기가 날 때마다
남이 닦아놓은
편한 길 가고픈 유혹
물리치기 힘들었으리

누구나 산길을 걸을 수는 있지만
아무나 새로운 길을 개척할 수 없나니
꽃과 나무와 산새들이
조화롭게 어우러진
등산길을 만드소서

그 길을 뒤따라 걸어올 사람들이
참으로 아름다운 길이라고
그렇게 감탄하게 하소서

풍요로운 가을이소서
‒창간 12주년을 축하하며

척박한 땅을 갈아 흙을 다듬고
거름을 뿌리는 농부는
가을의 풍요로운 수확을 꿈꾸며
힘든 줄 모르고 뙤약볕에 일하네

때로는 태풍으로
흘린 땀이 헛되어 한숨과 절망으로
어둠의 밤을 지나기도 하고
때로는 가뭄에
농작물이 타들어가는 고통으로
농사를 팽개치고 싶은 유혹
이겨내며 지나온 12년

그동안 좋은 씨를 뿌렸으니
좋은 열매를 풍성하게 수확해
모두와 기쁨을 나누는
잔치이게 하소서